괜찮아, 선생님도 공황장애야

조민지 지음

괜찮아, 선생님도 공황장애야

발　행 | 2022년 04월 06일
저　자 | 조민지
펴낸이 | 한건희
펴낸곳 | 주식회사 부크크
출판사등록 | 2014.07.15.(제2014-16호)
주　소 | 서울특별시 금천구 가산디지털1로 119 SK트윈타워 A동 305호
전　화 | 1670-8316
이메일 | info@bookk.co.kr

ISBN | 979-11-372-7930-8

www.bookk.co.kr

저자 소개

조민지(曺旼志)

· 1997 전라남도 여수시 출생
· 2010 여도초등학교 졸업
· 2013 여도중학교 졸업
· 2016 창평고등학교 졸업
· 2020 인하대학교 체육교육과 졸업
· 2020 광주광역시 중등교원 임용
· 광주광역시 산정중학교 재직 중

“마음이 아픈 사람들에게 공감으로 위로가 되는 글”

prologue.

글을 시작하기에 앞서 제 눈물겨운 성장통을 함께 겪어준 여러분에게 감사의 인사를 올립니다. 오로지 혼자의 힘으로 견뎌야만 했더라면 삶의 암흑기로 기억되었을지도 모르는 순간에, 여러분의 관심과 사랑 덕분에 참 많이도 웃으며 지냈습니다.

가까이에 존재하는 것 자체로 힘이 되어준 소중한 친구들, 무너져가는 제게 손 내밀어 이끌어준 동료 선생님들, 엉망진창인 선생님을 하나부터 열까지 사랑해준 나의 제자들, 마지막으로 못난 딸 뒤에서 눈물 보이던 부모님과 가족들. 감사하다는 말로 제 마음을 다 표현할 수는 없을 것 같네요.

어떤 말로도 설명이 되지 않는 마음, 저와 같은 어려움을 겪는 이에게 갚으며 살겠습니다. 마음이 지친 사람을 그냥 지나치는 일이 없도록 하며 먼저 손 내밀기를 약속드립니다. 그것만이 고마운 사람들에게 감사하는 방법 중 내가 아는 가장 좋은 일이니까요.

2020학년도 광주광역시 산정중학교 3학년부

마음이 아파서 힘든 친구들에게,

마음이 고장 났다고 해서 원하는 일상을 포기하지 말 것. 원하는 새로운 일에 계속해서 도전할 것.

마음이 와르르 무너져 다시 쌓아 올리는 과정에서 조급해하거나 뜻대로 되지 않는다고 실망하지 않을 것.

하나씩 차근차근 쌓아 올리다 보면 더욱 견고한 나로 완성된다는 말을 믿을 것.

그렇게 스스로 자신을 믿고 기다려 줄 것.

세상이 등진 것 같은 기분이 들 때면, 그럴 때마다 이 책을 다시 꺼내어 볼 것을 전하려 한다.

있잖아, 선생님은 사실

2021학년도 광주광역시 산정중학교 3학년 7반

특별하지 않던

종례 시간이었다. 산만한 교실에 들어가서 아이들이 자기 자리에 앉도록 하고 전달 사항을 안내해야 하는데 교실 문 앞에서 발이 떨어지지 않았다.

소란스러운 분위기 속으로 뛰어드는 것이 두렵기 때문이었고, 크게 목소리를 내어 교실을 정돈해야 하는 데 자신이 없기 때문이었다. 그때 한 학생에게 아이들 자리에 앉히고 조용히 시켜달라고 부탁한 적이 있었는데 이미 정돈된 교실로 들어갔을 때 이미 나는 매우 떨고 있더라.

내가 사랑하는 아이들의 눈을 마주칠 수가 없었다. 그저 고개 숙인 채 집에 가자 한마디 던지고 그대로 뒤돌아 교실에서 나왔다. 그날 집으로 돌아가는 길에 세상이 무너진 것처럼 울었다.

내가 그토록 꿈꿔왔던 교직 생활에 대한 부푼 기대와 환상이 지금의 내 상황을 더 절망적으로 돋보이도록 만들었고, 그렇기에 내가 과연 교사로서 자질이 충분한가를 고민해보기까지에 이르렀던 것 같다.

나는 교사

나는 교사다. 그리고 현재 공황장애를 흘려보내는 중이다. TV 속 연예인을 비롯한 여러 사람이 자신이 겪는 정신 질환에 대한 고충을 털어놓은 덕에 최근 공황장애를 포함하여 여러 정신과 질환에 대한 인식이 많이 바뀌기는 했지만 '장애'라는 표현 때문인지 아직 사람들에게 심각한 질환으로 인식되는 것이 사실이다.

어떤 의사들은 공황장애를 마음에 감기가 든 것이라고 비유한다는데 당장 내 가족이, 또는 내가 공황장애를 겪게 된다고 가정한다면 그 누가 이를 감기처럼 지나가는 흔한 것으로 받아들일 수 있을까?

공황장애를 바로 알기 위해서는 그 어원을 살펴볼 필요가 있다. 공황장애의 어원은 Panic disorder. 여기서 disorder은 disability(장애)와 다른 개념이다.

역설적이게도 공황장애를 장애의 한 종류로 정의하기는 어렵다는 뜻이다. 영어를 한국말로 표현하는데 있어서의 한계 정도로 생각하면 좋을 것 같다.

손 내밀어

내가 가르치는 학생들 사이에도 공황장애를 비롯한 여러 정신과 질환으로 인해 어려움을 겪는 아이들이 꽤 많다.

처음에는 그 아이들을 마주하고 대화를 나누는 것이 나와 학생들 서로가 가진 부정적인 정서만 극대화할 것이라는 생각에 피하기도 했었다.

만일 내가 겪고 있지 않은 증세에 대해 듣게 되면, 나는 그 순간부터 나에게도 같은 증세가 발현되지는 않을까 하고 막연히 걱정하는 시간을 보내며 불안에 떨게 될 것이 뻔하지 않은가.

나를 보호하기 위해서 내 아이들의 아픔을 모른 척하고 싶었던 시기가 있었다.

그러나 두려움을 딛고 학생들에게 먼저 손 내밀어야 했다. 같은 경험을 함으로써 누구보다 그 아픔을 잘 아는 교사인 내가 아이들을 안아주지 않으면 과연 그 누가 할 수 있을까.

사연
요즘 굴이 제철이래요
민지쌤 얼굴 ♡
민지쌤이 여기있으면 어떡해요.
천국에 있으셔야죠.
쌤은 왜 주말에
일을 하고 있어요?
민지쌤 미모가열일

나 또한 그렇다는 말

어느 날 공황장애로 인해 학교에서 실신한 적이 있는 중증도 학생과 상담 활동을 했다. 그날의 대화가 내게 끼친 영향은 예상 밖이었다. 다행이라고 해야 할지 그 학생은 나와 매우 비슷한 증상을 겪고 있었고, 이에 서로 공감하며 위로하는 시간을 가졌다. 아픔을 겪는 아이들과 대화하는 일에 근거도 없이 겁내던 자신이 부끄러운 순간이었다.

학생은 상담 중에 나에게 도움을 요청하기도 했는데, 학생 자신의 부모님께 학생이 병원 치료를 받을 수 있도록 설득해달라는 내용이었다. 해당 학생의 학급 담임교사가 아닌 내가 선뜻 학부모님께 연락드리기까지는 상당한 용기가 필요했다. 하지만 나만 전해드릴 수 있는 메시지가 있다고 믿었다.

학부모님께서는 치료비 문제 및 정신과 질환에 대한 부정적인 고정관념으로 인해 아이의 병원 치료를 피하는 상황이었다. 학부모 상담을 통해 공황장애는 반드시 치료해야 하며, 치료할 수 있다는 사실, 치료비가 비싸지 않다는 점을 설명하며 설득에 성공했는데, 그 중에서도 가장 크게 학부모님의 마음을 움직인 건 나 또한 그렇다는 말 한마디가 아니었을까 싶다.

나에게 하는 말

학생의 학부모님과의 통화는 내게 딜레마를 가져왔다. 나 자신조차 스스로를 조절하는데 어려움을 겪고 있으면서 누구 더러 뭐든 이겨낼 수 있다는 어조로 설득하고 있는 건지.

사실은 나도 아직 나 자신을 온전히 인정하고 받아들이기 힘들다고 호소하고 싶었다.

내가 공황장애 환자라는 사실을 받아들이기까지는 긴 시간이 필요했다. 누구 때문에 이렇게 망가지게 된 건지 탓해야 했고, 어디서부터 무엇 때문에 잘못됐는지 되새겨야 했다.

계속되는 생각의 굴레 속에서 방황하던 내게 같은 처지에 놓인 타인을 위로하는 일이란 역량 밖의 가치 없는 일이라 여겨왔지만, 결과는 예상과 달리 오히려 내게 힘을 실어주는듯 했다. 결국에는 내가 뱉은 말들이 나에게로 다시 돌아와 스스로에게 위로가 되어준 것 같다.

어쩌면 공황장애란 내게 충분히 경험해볼만한, 직접 경험해 봄으로써 어려움을 겪는 아이들에게 더욱 공감할 수 있는, 진짜 교사가 되는 과정의 일부인걸까.

2020학년도 광주광역시 산정중학교 3학년 2반

미소

우리 반 학생 중에는 폭력 사건으로 인한 후유증 때문에 밝은 미소를 잃은 아이가 있었다. 아이는 자신에게 폭력을 행사한 친구가 눈앞에 나타나기만 해도 매우 불안함에 떨었다.

평소 밝은 분위기를 조성하여 친구들에게 인기가 많던 아이는 한순간에 말이 없는 조용한 아이가 되어있었다. 툭 건드리면 바로 울음을 터뜨릴 것 같은 얼굴이었다.

그 아이가 나처럼 아프게 될까 걱정했다. 전화 너머로 눈물을 삼키는 듯한 아이의 목소리에 퇴근길 차를 돌려 집으로 찾아간 적도 있었다. 마음이 굳지 않은 어린아이가 겪기에는 적지 않았을 상처를 내가 안아줘야 한다고 생각했다.

우리 반 학생들은 너 나 할 것 없이 모두 나서서 그 아이를 보살펴주었고, 나 또한 매일같이 아이와 대화를 나눴다. 그렇게 점점 그 아이는 미소를 되찾는 것 같았다.

다행이라고 생각했다. 저 아이가 때 묻지 않은 나의 모습이라면, 꼭 지켜주고 싶었다. 앞으로도 미소를 잃지 않고 살아갔으면 좋겠다. OO아.

…1년동안 한번도 …
… 편지로 전하고 싶어서 쓰게 됐…
…님을 맡아주셔서 감사했습니다 ♡ 선생님께서 항상 …
…서 올해 체육시간이 너무 재밌었고 행복했어요. 고등학교 가서도
… 같아요 제가 조금 힘들었을 때 진심으로 위로하고 걱정해주셔서
감사했어요. 그때 선생님이 해주셨던 말들 다 잊지 않고 기억
있어요! 선생님 덕분에 다시 기운내서 학교 생활 할 수 있었던거 같…
…요. 감사하고 또 감사했습니다 ☺ 제가 가끔 철없이 까불어도 웃으면서
…아주셔서 감사했어요 그래도 저 선생님 교직 생활 중에 기억에 오래 남는 제자가
…수 있겠죠? 2021년 그 어느때보다 따뜻하고 행복한 1년이였어요. 2021년
…을 이렇게 기억할 수 있는것도 선생님 덕분인거 같아요 선생님처럼 마음 깊고
… 배울 수 있어서 너무 행복했습니다 코로나 때문에 다들 너무
… 운동회도 하면서 좋은 추억 만들 수 있어서
… 한 거 같아서 너무 …

버팀목

나를 보고 자신의 버팀목이란다.
이 아이들만큼은 내 눈물을 몰랐으면 좋겠다.

너희에게 밝은 세상을 선사하는 빛과 같은 사람이
너희를 보듬어줄 여유로운 마음을 가진 사람이
나였으면 해서, 너희는 몰랐으면 좋겠다.

스스로 많이 휘청거리고 있다고 생각했는데
나약해서 무너져간다고 단정 짓고 말았는데

누군가에게는 기댈 수 있는 든든한 사람이 된다는 게
그래도 잘하고 있다고, 잘 할 수 있다고 나를 위로한다.
그래서 나도, 그래, 너희가 내 버팀목이다.

3-7
민지쌤 오늘 빼빼로 데이래요!
서툴지만 제 정성을 담아 만들었습니다... 맛있게 먹어
주세요.. 쌤은 제 버팀목이에요. 항상 넘 감사하고
사랑해요.. 오늘하루도 화이팅!!
3-7 귀요미 올림 ^^

노력

노력이 필요한 사람에게 노력해보지 않은 사람이 해줄 수 있는 말은 한계가 있다.

노력하지 않고 이루는 일은 없다지만 특별한 재능이 있어서 상대적으로 노력의 양이 적은 사람보다는 영점에서 시작해 차근차근 쌓아 올리며 산전수전 다 겪어본 사람이 진정 올바른 길을 꿰고 있다고 생각한다.

특히 마음을 전달하는 일에 있어서는 더욱 그렇다. 우리는 다른 사람의 이야기를 전해 듣는 것만으로도 대신 행복하거나 대신 좌절하는데, 직접 겪는다는 것은 대신 느껴보는 것과는 차원이 다르다. 그래서 다양한 아픔을 겪어본 교사가 학생의 동기부여 측면에서나 교육 방법 측면에서 두루 많은 경험치를 가졌다고 생각한다.

아픔은 노력함으로써 극복된다. 노력을 통해 얻어낸 결과물이 좀 더 성숙한 어른이 되는 과정이라면, 내가 살아온 이야기를 아이들과 함께 나누고, 아이들의 고민을 함께 나누며 공감하는 일이 나의 일이다.

글을 쓰는 이유

이 글을 쓰는 이유가 여기에 있다.

걱정 하나 없이 마냥 즐겁게 지낸다고 생각했던 흔한 학교 선생님도 나와 비슷한 나름의 고충을 안고 살아가는구나 하고 공감하는 일이 우리 아이들에게 위로가 되었으면 좋겠다.

바쁜 현대인들이 내면의 자기 자신을 살펴볼 수 있도록 시간을 멈추는 힘이 아주 잠깐이라도 주어진다면, 마음이 아픈 사람들이 줄어들지 않을까 기대한다.

어느 날 당신에게도 나와 비슷한 아픔이 찾아온다면, 나보다는 덜 아파했으면 좋겠다.

이런 시간을 누구나 한 번쯤은 경험하는 성장통이라 말하며, 금방 스쳐 보낼 수 있기를 바라는 마음을 적는 글.

그림자를 떼어내는 방법

불안에 대한 생각은 또 다른 불안을 야기한다.

생각은 꼬리에 꼬리를 물고 악순환하는데
이는 마치 사람의 그림자와 같다.

그림자를 떼어내려고 아무리 도망쳐 봐야
더욱 옥죄어오는 마음만이 남을 뿐.

그림자를 떼어내는 방법은 자세를 낮추어
그림자와 가장 가까이 몸을 기대는 것이라는데

그러면 아주 조금의 흔적이 남을 뿐
그림자가 더 이상 보이지 않는다.

멀리하려 마음먹으면 더욱 가까이 느껴져 괴롭고
가까이하고자 생각하면 막상 느껴지지 않으니

불안을 나의 일부로,
나를 있는 그대로 인정하고 받아들이자.

내 얘기 한번 들어볼래?

그냥 지나쳐서는 안 되는

나는 해결하지 못하는 능력 밖의 일이 생기면 늘 속이 쓰렸다. 그래서 스트레스를 받으면 속이 아프다고 생각했다. 심할 때는 속이 쓰려서 식은땀이 줄줄 날 정도였는데, 그래서 위장에 큰 병이 생긴 건 아닌지 검진을 받아야 했다.

스스로 마음을 들여다보기 시작하고 나서 떠올리게 된 점은 스트레스는 기분으로 느껴야 한다는 것이다. 스트레스로 인해 몸이 아픈 것 자체가 오류이다. 이를 '신체화 장애'라고 말한다. 스트레스 상황에서 일어나는 몸의 증상의 심각한 정도에 따라서 일시적인 현상으로 보기도 하지만 반복되고 심화되는 증상은 신체화 장애로 발전할 수 있다. 말 그대로 내가 느끼는 스트레스 상황이, 부정적인 정서가 몸이 아픈 것으로 대신 표출된다는 것이다.

주변에서 "나 오늘 너무 피곤하고 스트레스 받아서 머리가 아프네" 하고 두통약을 챙겨먹는 것은 우리 주위에서 흔히 일어나는 일이다. 왜 우리는 이 현상을 너무나도 당연하다는 듯 받아들이고 있는걸까? 혹시 그냥 지나쳐서는 안 되는 우리 몸이 보내는 시그널을 무시하고 일시적으로 증상을 완화시켜주는 약으로 달래고 있는건 아닐까? 잘못된 생각의 알고리즘은 나도 모르는 새 마음의 병을 깊게 한다.

우리 몸이 아프다고 나에게 신호를 보내고 있다. 그래서 우리는 가끔씩 스스로 마음을 들여다 봐야 한다. 나를 아주 많이 살피는 사람도 결코 보지 못하는 나만의 내면이 있다. 그건 오직 나만이 돌볼 수가 있다. 내게 휴식이 필요한건 아닌지, 울고 싶은 마음을 참은 적은 없는지, 나만이 확인할 수 있는 구석이 반드시 있다.

내 이름

하나 둘 별을 세던 하늘에
유난히도 작은 네가 있었다.

밝으려 애쓰는 모습이 한심해서
나와 같더라.

그 밤 너에게 이름하기를
세상에서 가장 아름다운 별.

저어기 작은 별 하나 빛난다.
빛이 나는구나, 점점 선명하게.

조민지쌤
사랑합니다

어릴 적 나는

어릴 적 나는 혼자 자는 게 두려웠다. 어려서 아이들이 혼자 잠드는 일에 어려움을 겪는 것은 흔한 일이지만, 나는 특히 더욱 그랬던 것 같다. 천장에 바른 벽지의 패턴이 빙빙 도는 것처럼 보이고 으스스한 기분 탓에 잠들지 못하는 밤이면 어김 없이 잠든 부모님 옆에 서서 훌쩍이며 울었다. 그렇다고 부모님을 깨울 수는 없었다. 그냥 그 정도로 마음이 여린 아이였던 것 같다. 훌쩍이는 소리에 잠에서 깬 엄마가 이리와 하고 안아줄 때까지 그저 서 있을 뿐이었다.

유년 시절의 나는 매우 낯가림이 심하고 걱정이 많은 아이였다. 어린이집에서 친구와 대화 한 번 하는 게 무척 어려운 일이었다. 블록 쌓기 놀이를 하는 친구들 사이에 끼어들지 못하고 매일 선생님 소매 끝자락만 붙잡고 서서 지켜만 보던 내 모습이 성인이 되어서도 기억날 정도로 그때 정말 괴로웠나보다.

다니던 어린이집을 그만두고 동네 공부방으로 옮기고 나선 조금 나아졌다. 친구들과 함께 뛰어놀고 함께 웃었다. 그래도 성격이 완전히 변하지는 않았던 것 같다.

많이 놀랐던 탓인지 아직도 기억 나는 한가지 에피소드가 있다. 어느 날 한 친구와 아웅다웅 장난치며 놀다가 그 친구가 “너 조금 이따 때릴거야!”했던 한마디 말 때문에 온종일 그 아이가 나를 때리러 올까 두려움에 떨던 날이 있었다. 하루의 마지막에는 결국 울음을 터뜨리기도 했는데, 결국 그 친구는 별 생각 없이 한 말이었고 나를 때리지 않겠다는 말을 듣고서야 안심이 되었던 것 같다.

NIKE
王虎

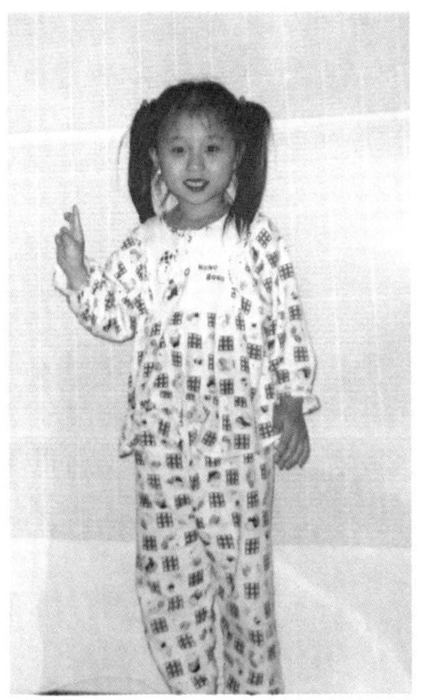

좋은 성격

학창 시절에도 낯선 사람과 마주 보고 밥 먹기를 힘들어했다. 친한 친구들은 식사 시간에 나를 감싸고 둘러앉아서 내가 편하게 밥을 먹을 수 있도록 배려했다.

오랜 친구들은 지금의 나를 만나면 성격이 정말 많이 변했다고 말한다. 밝고 쾌활한 성격을 가졌다며, 낯선 누군가를 만나도 금방 친해지는 나를 보고 좋은 성격을 가졌다고 부러워한다. 인간관계 때문에 크게 고민하는 법이 없고, 내가 하는 일을 사랑하며 떳떳하게 살아가는 나에게 자아존중감이 높다고 말한다.

그러나 친구들은 성격이 변화해 온 과정을 모른다. 마음속으로 수없이 고민하며 나를 단련시켜온 지난날들은 나만 알 수 있다.

나쁜 성격

내 성격이 변화하면서 주위 사람들에게 상처도 참 많이 준 것 같다. 무심한 말과 행동 탓에 친구들 마음을 어지럽게 하고, 자기중심적인 사고방식은 때때로 이기심을 자아냈다. 언젠가부터 나는 나밖에 모르는 나쁜 성격을 가진 사람이 되고 있었는지 모른다.

나는 선생님들께도 딱히 예쁨받는 학생이 아니었다. 아니, 오히려 미움받는 학생이었다. 지금 돌이켜보자니 나라도 우리 반에 과거 나와 같은 학생이 있더라면 예뻐하기는 참 어려웠을 것 같다. 예의를 차리지 않고 내뱉는 말투, 자기 이익만 생각하는 마음가짐, 친구를 무시하는 행동, 매일 책상 위에 엎어져 잠만 자는 수업 태도는 충분히 선생님들 사이에서 불량 학생으로 낙인찍힐 법한 학생이었다.

기대한다는 것

내 롤모델을 만난건 고등학교 2학년 때였다. 담임선생님께서는 쿨하고 어른스러운 모습이셨다. 내가 어른이 되면 저런 모습이 되고 싶다 하고 생각하는 마음에 저절로 동경심이 생겼던 것 같다. 그래서 나는 선생님을 참 많이 따랐다. 처음으로 우리 반에서 특별히 예쁨받는 학생이 되어있었다.

누군가 나에게 긍정적으로 기대한다는 것은 생각하는 것 보다 더 큰 의미로 다가왔다. 담임선생님께서 내게 해준 칭찬 한마디 한마디가 작은 성취들을 더욱 기쁘게 했고, 그래서 무언가 하나씩 꿈꾸기 시작했다.

나는 교사가 되고 싶었다. 교사가 되어서 나와 같은 학생들을 변화시키고 좋은 꿈을 품도록 돕고 싶었다. 사랑이 부족한 학생에게 사랑을 베푸는 교사 말이다.

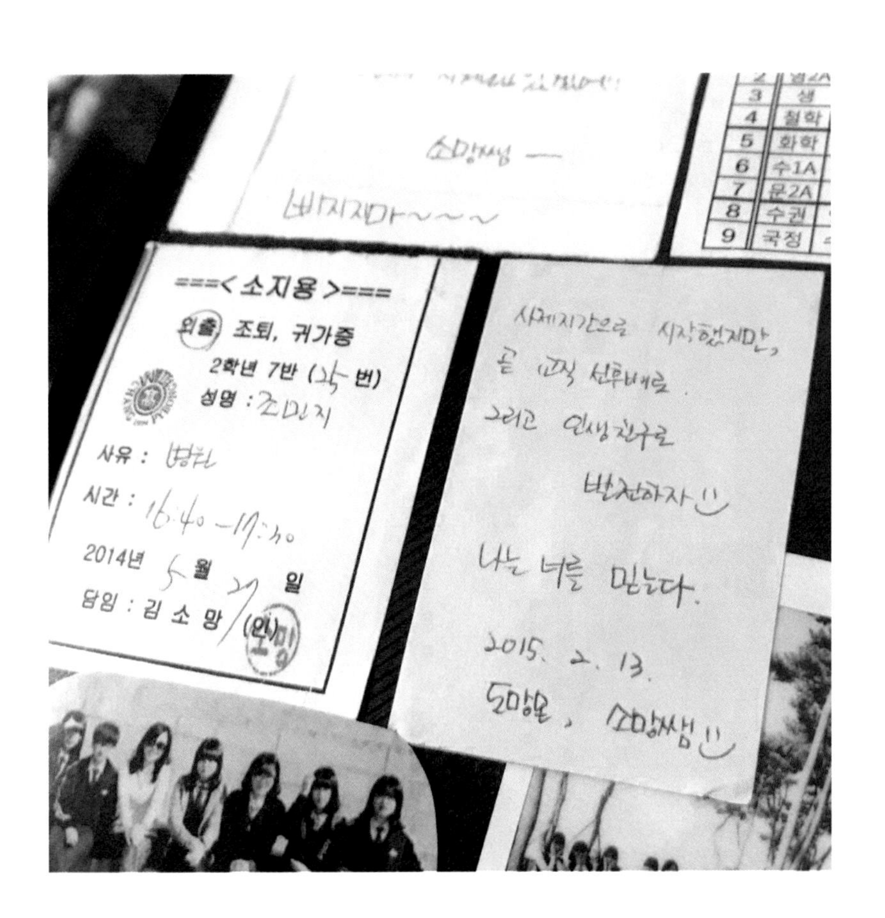

소망쌤 —
===< 소지용 >===
외출 조퇴, 귀가증
2학년 7반 (번)
성명 :
사유 :
시간 : 16:40 ~
2014년 5 월 일
담임 : 김 소 망 (인)
사제지간으로 시작했지만,
곧 교직 선후배로
그리고 인생친구로
발전하자
나는 너를 믿는다.
2015. 2. 13.
소망쌤
3 생
4 철학
5 화학
6 수1A
7 문2A
9 국정

흉터

성인이 되고 나서 다시 한번 성격의 변화가 찾아왔다. 특히 대학교 4학년 교생실습 기간에 처음으로 고등학생들을 대상으로 교육할 때였다. 일상에 녹아있다가 습관적으로 나오는 비속어를 줄여야 했고, 내가 하는 말과 행동 하나, 하나가 아이들에게 귀감이 된다는 사실을 잊지 않아야 했다.

교직에 들어서고 나서는 더욱 그랬다. 조금 더 정돈된 말로 내 생각을 표현하는 게 익숙해지고, 감정을 다루는 기술이 늘고, 다른 사람을 이해하는 폭이 넓어지고, 타인의 일에도 기꺼이 나서서 도움을 건넬 줄 아는 여유를 가지게 되었다.

그 무렵이었을까, 공황은 나에게 조금씩 가까이 다가오고 있었던 것 같다.

채찍질

돌이켜보면 나는 점점 긍정적으로 성장해가고 있는 것 같다.

그런데 어쩌면 나는 타고난 기질을 숨기는 방법을 체득해가고 있는 건지도 모른다. 예전에는 불편하고 낯설었던 일이 시간이 갈수록 편하고 익숙해지기까지 나는 스스로를 얼마나 단련시켜 온 걸까.

과정이 성급하지는 않았는지, 나에게 매몰차지는 않았는지, 자신에게 스스로 행하는 채찍질이 상처로 남지는 않았는지 회고한다.

먼저 고민해 본 누군가가 있었더라면 숨 고르며 천천히 가는 법을 배울 수 있었을까. 그랬더라면 내 마음에 든 감기가 한결 수월하게 스쳐 지나지 않았을까 상상한다.

그래서 나는, 먼저 고민해본 누군가로 있어서 당신을 응원하고 싶다. 시간은 충분하니 잠깐 쉬어가자고, 당신을 이끌어주는 따뜻한 손이 되고 싶다.

2쁜 3학년 2반의 축구여신
조 민 지 쌤

평범한 사람

내가 진정 나를 인정하고 보살피기 시작한 것은 내 친구 덕분이다. 내 친구는 나와 초,중,고 동창으로 평생을 두고 보는 가장 가까운 친구인데 내가 공황장애 진단을 받은지 정확히 3주 뒤에 지하철에서 쓰러지면서 공황장애 환우가 되었다.

그 친구 소식이 진심으로 안타깝지만, 미안하게도 내게 가장 큰 위로가 되었다. 나만 겪는 일이 아니라는 사실이, 내 가까운 사람들도 비슷한 어려움을 겪는다는게, 마치 내가 특별하지 않은 평범한 사람이라고 설명해주는 것 같아 편안했다.

내 친구는 서울 교통공사에 근무하는데 아이러니하게도 지하철을 타는 일이 가장 고통스럽다고 한다. 지하철을 타고 출퇴근하고, 지하철 역에서 근무하면서 말이다.

우리가 종종 통화하면서 하루중에 겪었던 어려움에 대해 이야기하다보면 그땐 내가 왜 그랬을까 하면서 같이 웃기도 한다. 서로 조언을 아끼지 않고, 도움이 되는 정보를 함께 나누며 우리 마음이 건강해질 수 있는 방법을 모색한다.

모두가 입을 모아 흔히 일어날 수 있는 일이라 말해도, 함께 겪는 사람이 가까이에 있지 않으면 안심하기 어렵다. 나와 내 친구는 서로가 있어서 정말 다행이라고 이야기한다. 우리 둘이 함께 겪어서 더욱 잘 견딜 수 있다고 말한다.

풍경화

땅만 보며 걷는 걸음은 쉽게 넘어지지 않으나
어디로 향하는지, 누구와 함께했는지 알지 못했다.

불어오는 바람이 시원해서
아무렇게나 나를 식히는 쪽으로
고개를 들어 마주했다.

오색 찬란 무지개 걸린 플라타너스 한 그루
그 아래 마주 보며 웃는 우리들
비로소 나는 그 곳에 있었다.

2019학년도 인천광역시 학익여자고등학교 1학년 9반

광고

TV 프로그램 상영 전 자주 보이는 감기약 광고를 자주 볼 수 있다. 어느 날에는 '안정0' 이라는 불안증 해소 약 광고를 보게 되었다.

불안할 때는 '안정0'이라는 슬로건을 걸고 광고하는 장면을 보면서 정말 이제는 불안이라는 문제가 대중화되었고, 약을 먹는 것이 감기처럼 그렇게 지나갈 수 있는 증상으로 생각될 수 있나보다 했다.

마음의 감기라고 표현될 만큼 불안은 내 컨디션과 상황에 따라서 왔다가 또 지나가기도 하는 것임을 체감하게 되는 계기였다.

나와 친구가 공황에 대한 경험담을 서로 나누고 있는데 지나가던 남성 두 분이 자신의 불안 증세에 대해 고민을 나누는 모습을 본 적이 있었다. 우리 둘은 서로 눈 한번 마주치면서 웃고 말았다.

그래, 사람들이 굳이 나서서 이야기하거나 티 내지 않아서 그렇지, 생각보다 많이, 아니 그 이상으로 불안이란 평범하고도 흔한 것일 뿐이구나.

있는 그대로

이 책을 읽는 당신이 조금은 위로받았으면 한다.

당신이 겪는 마음의 감기가 당신 홀로 겪는 불행이라는 생각이 들 때는 내가 당신의 친구가 되어줄 수 있다면 좋겠다. 함께 아파하는 누군가가 있다는 건 생각보다 큰 위로였다.

마음 치료의 가장 기본이 자기 자신을 있는 그대로 받아들이는 거라고 생각한다. 어디 하나 부족함이 없는 사람은 없는데도 자신이 가진 부족함을 크게 앞으로 내세워 스스로를 가려 보인다면 온전히 행복하기는 어렵다.

그러나 자신의 부족함을 알고, 보완하며 스스로를 있는 그대로 떳떳이 내세워 살아간다면 그야말로 행복이다. 수도 없이 많은 시행착오를 거쳐 지금의 나는 그렇게 생각하게 되었다.

생각했었다

처음에는 이렇게 생각했었다. 지금은 내게 공황장애로 인해 결함이 생겼지만 곧 치료를 통해서 낫게 된다면 나는 비로소 완벽해질거야. 어서 빨리 낫는데 집중해야지.

다음에는 이렇게 생각했다. 어쩌면 이러한 예민한 기질들은 내가 원래부터 지니고 있던 불안이 아닐까? 임용고시라는 커다란 목표를 두고 앞만 보고 달려오다 목표를 달성하면서 갑자기 멈춰 섰기 때문에 이제야 눈에 보이는 거라고. 그렇게 수면 위로 드러난 상처들이라고 생각했다.

그다음에는 이렇게 생각했다. 내가 가진 마음의 무게가 평생 지고 가야 하는 짐이 될 수도 있다고. 그래도 나는 충분히 안고 갈 수 있어야 한다고. 그렇게 노력하면 행복할 수 있을거라며 스스로를 위로했다.

생각을 하지 않는다

그런데 이제 갈수록 생각을 하지 않는다. 그냥 아무런 생각이 나지 않는다. 언젠가부터 나를 극심하게 괴롭히는 증상이 찾아오지 않는 이상 그냥 그러려니 불편한 증상들을 흘려보낼 수 있게 되었다.

불안은 꼬리에 꼬리를 물고 나를 생각에 잠기게 했기 때문에 나는 생각을 멈춤으로써 불안을 잠재우기로 했다.

그렇게 마음먹어도 뜻대로 되지 않는게 마음가짐이다. 그래서 나는 아직도 여러가지 경험들을 통해 스스로를 돌보는 방법을 체득하고 있다.

여기에 이르기까지 내가 얼마나 많은 시행착오를 겪어왔고, 또 겪고 있는지 내 경험에 비추어 공감하는 일이 당신에게 조금은 위로가 되기를 바란다.

반복

처음 공황을 만난 것은 백화점에서 였다. 두명의 친구와 함께 백화점 내부의 한 식당에서 식사하던중 급체하며 쓰러질 것 같은 느낌을 강하게 받아 친구들에게 매달린채 응급실로 향했다. 피검사, CT 등 여러가지 검사를 거쳐 얻어낸 결과는 아무것도 없었다. 그저 의사선생님께서도 어떻게 처치해야할지 난감해하시는 듯 해보였다.

두번째로 공황을 만난 것은 그로부터 2주 뒤였는데 밤에 잠자리에 들기 위해 침대에 누워있다가 갑자기 가슴이 두근거리며 급체하는 듯 쓰러질 것 같은 느낌을 강하게 받아 친구를 불러 소화제를 잔뜩 먹고 겨우 잠들기도 했다.

세번째로 공황을 만난 것은 그로부터 이틀 뒤, 아침에 학교로 출근하는 길에 한없이 축 쳐지는 느낌을 받았는데 교무실에 도착하자 가슴이 두근대고 속이 울렁거리는 바람에 바로 집으로 돌아가야했다.

반복되는 비슷한 증상들을 미루어보아 아무래도 건강에 크게 이상이 생겼다고 생각했다. 그래서 종합 건강검진을 두차례나 받았는데 결과는 아무 이상 없음. 담당 의사선생님께서는 이러한 경우 원인이 다른 곳에 있을 수 있다며 신경정신과 내원을 권유하셨고, 나는 말도 안되는 소리를 한다며 무시했었다.

잠 못 이루던

병원에서 집으로 돌아온 뒤 내 건강에 큰 문제가 없다는 사실에 기쁜 마음으로 휴식을 취하고 있었는데 또 다시 공황은 나를 괴롭히기 시작했다. 속이 메스꺼워 물 한모금 삼키기가 역겨웠고, 두근거리는 심장때문에 도무지 잠을 청할 수 없어 뜬 눈으로 밤을 새야 했다.

나는 설마하는 마음으로 휴대폰 검색창에 온갖 정신과 질환에 대해 알아보기 시작했다. 검색을 거듭하면 할 수록 자기 혐오에 빠져드는 것 같았다.

아무래도 내가 불안장애의 일종인 것 같은데 그 중에서도 광장공포증인지, 폐쇄공포증은 아닌지, 대인기피증이 있었던가? 혹시 범불안장애가 아닐까 등. 애매하게 알게되는 얕은 지식이 내 마음을 더욱 파국상태로 몰아가고 있었다.

혹시 이로 인해 직장생활을 못하게 되는 것은 아닌지, 취미생활을 접어야하는 건지, 가족들에게 짐이 되는게 아닐까, 내가 평범하게 살아갈 수는 있을까. 끝도 없이 이어지는 걱정들 속에서 잠 못 이루던 시기가 한 때 나에게도 있었다.

나를 괴롭게 했던건

무엇보다 나를 괴롭게 했던 건 머리를 싸매고 잠들지 못해 괴로워하는 나를 보며 애써 태연한척하던 부모님을 마주하는 일이었다. 구역감에 밥 한 숟갈 들지 못하는 딸 앞에서 속상한 내색 하지 않으려는 나의 부모님. 그게 사실 내 눈에는 다 보여서 더욱 슬펐다.

부모님께서는 나를 항상 자랑스러워하며 지극정성을 다해 키우셨다. 늘 부족함이 없이 지원해주셨고, 유난스럽다는 소리를 들을 만큼 끔찍이도 나를 아끼셨다.

그만큼 욕심도 내셨다. 늘 좋은 성적을 내야 부모님께 인정받을 수 있다는 생각이, 큰 시험을 한 번에 통과해야만 한다는 게, 그래야 환대받을 수 있다는 게 나를 옥죄어 힘들게 한다고 생각했다. 한때 이 모든 걸 부모님 탓으로 돌리기도 했다.

여기, 지금

그러나 생각을 거듭할수록 결국에는 나 때문이었다. 부모님과 지인들의 기대에 부응하고자 했던, 최소한의 노력으로 최대한의 성과를 내고자 했던 욕심이었다.

욕심이 가득 찬 마음은 방향을 틀어 나에게 날을 세우고 있다는 걸 깨닫지 못했던 내가, 그저 한 번 뒤돌아 내 마음을 돌아보지 못한 내가, 나를 참 많이도 아프게 했던 것 같다.

나도 부모님도 지금 참 많이 변한 것 같다. 내가 약을 먹지 않고도 깊은 잠을 자고, 아픔 없이 일상을 살아가는 것을 바란다. 내가 여기, 지금에서 편안하기를 바라신다.

스물 다섯에게

바람에 흩날리는 꽃잎 따라서
휘청 하고 돌아섰다

어디서 불어오는 추억일까
혹시 그리움은 아닐까

가만히 내려다 본 발자국
그저 한 번 뒤돌아 만끽하지 못했던

내 마음에 드리운 그늘이
너무도 깊고 선명했기 때문에

그래도 청춘이라
차가운 바람에 나를 씻기며
다시 앞으로, 앞으로 가는 길

› 합격자 확인

조민지 (970514-[masked])

최종 합격을 진심으로 축하합니다.

'선생님' 보다는 아직은 애들같은 '학생'같지만~ 쌤

오래 공부하지 마시고, 단번에 딱! 합격하셔용~

쌤 얼굴에 관운이 있으니 잘 되실겁니다!!

죽음에 대하여

한때 죽을 테면 죽어보라지 하고 나를 세상 속으로 마구 내던지던 시기가 있었다. 불안으로 인한 내 모든 신체 증상은 죽음이라는 두려움으로 이어졌기 때문에 불안으로 인해 내가 죽는 일은 없을 것이라는 걸 스스로 경험을 통해 알려주고 싶었다.

심장이 쿵쾅거리는 바람에 잠 못 드는 밤에는 '이러다 심장마비로 죽는 건 아닐까?' 어지럼증이 있던 날에는 '이러다 갑자기 쓰러져 죽는 건 아닐까?' 하며 끝도 없이 죽음에 대해 고민했다. 그럴 때마다 어떡하지? 하며 노심초사하다 보면 나는 점점 더 나쁜 생각의 굴레 속으로 빠져들고 있었다.

죽음에 대하여 가지게 되는 무한한 두려움은 결론에 도달하지 못한 채 늘 항상 내 곁에 있었다.

삶의 주체

사람은 태어남과 동시에 죽음을 향해 달려간다. 그렇게 모든 사람은 죽는데 죽고 나면 어떻게 되는지 모르기 때문에 더욱 두려움의 대상이 되는 것 같다. 사람들에게 잊히게 된다는 것도 힘들고, 죽음을 맞이할 때 얼마나 아프고 괴로울까 생각하게 되기 때문이다.

나는 왜 사람으로 태어나 죽음을 향해 달려가는 것일까 하고 괴로운 생각을 거듭하게 되면 우리의 삶이 마치 고문처럼 여겨지게 될 것이다.

우리는 이왕이면 주어진 삶을 어떻게 살아갈 것인가에 대해 고민하고 계획해야 한다. 삶이란 누군가에겐 길게, 혹은 누군가에겐 짧게 주어진다.

우리는 그래서 이걸로 충분한가를 생각해야 한다. 충분히 사랑받고 사랑했는지, 하고 싶은 일에 충분히 고군분투하는지, 지금의 나를 희생시킴으로써 미래의 나에게 투자하는 시간으로 보내고 마는 것은 아닌지 경계하고, 고민하고, 또 균형감 있게 조절하는 삶의 주체가 되어야 한다.

살기 위해 발악하는 중

불안으로 인한 신체 증상이 일어나면 사람들은 우리 몸에 이상이 생긴 것이라고 착각할 수 있다. 이러다 죽는 건 아닌지 공포감에 휩싸이기도 하는데, 불안에 대처하는 우리 몸의 생리학적 기전을 이해하고 나면 우리 몸은 오히려 살기 위해 발악하는 중이라는 것을 깨닫게 된다.

갑작스럽게 불안 센서가 작동하면 우리 몸은 마치 전투상황에 투입된 것처럼 몸을 대비시킨다. 근육으로 가는 혈류량을 많아지도록 하고, 따라서 근육의 산소 포화도를 높게 하는데 이는 위기 상황에서 우리 몸이 빠르고 힘차게 대처하여 위기를 모면할 수 있도록 하기 위함이다.

근육으로 가는 혈류량을 늘리기 위해서 심장 박동은 빨라지게 되는데 이때 우리는 쿵쾅거리는 심장 소리에 심장에 문제가 생긴 것은 아닌지 오해하기도 한다.

반면 근육으로 가는 혈류량이 많아지다 보면 뇌로 가는 혈류량은 줄어들 수밖에 없는데, 이때 어지러움을 느끼는 사람은 이러다 쓰러지게 되는 건 아닌지 걱정하기도 한다.

기억하자. 우리 몸은 전투상황이 아님에도 마치 전투상황인 것처럼 오해하기도 하지만 결과적으로 우리 몸을 지키기 위해 준비하는 과정인 것뿐, 죽음을 향해 가는 것이 아니다.

평가절하

나는 정신과 질환을 앓고 있다는 이유로 스스로 평가절하하곤 한다.

친구들에게 심하게 의지해서 미안하네.
가족들은 나 하나 때문에 마음고생하고 있겠지.
지금 이성 교제를 하는 것은 상대방에게 민폐가 되는 일이야.
우리 반 아이들에게 더 신경 써주지 못해서 미안해.

그럴 때마다 사람들은 나에게 이렇게 말한다. 나는 네가 공황장애라 도와주는 게 아니라 그저 네가 좋아서 만나고, 좋은 일이나 힘든 일을 모두 함께 할 뿐이라고.

가끔은 이럴 때, 이런 시기에는 주위 사람들에게 기대도 된다고 말해주더라. 어쩌면 나를 가두고 있는 건 오직 나 하나뿐일지도 모르겠다.

쌤 아프지 마세요...
민지 쌤 최고!

선생님 때문에 비가 내려요
심.장.마.비
- 채경 -
세상에서 제일
예쁜
민지쌤
선생님 사랑해요!?
-3-7 병아리들-
05.14

행동하는 대로 생각하기도 한다.

우리가 아는 가장 보통의 바른 사람은 충분한 생각을 거친 뒤에 행동한다. 그러나 인간의 몸은 생각보다 단순해서 때때로 행동하는 대로 생각하기도 한다.

평소 싫어하던 일을 즐겁게 하는 경험을 함으로써 좋아하게 될 수도 있고, 좋아하던 일에 실패하는 경험을 함으로써 그 일을 싫어하게 될 수도 있다. 이처럼 행동은 우리 몸에 경험으로 남아 생각을 변화시키기도 한다.

그래서 나는 나를 세상 속으로 더욱 내몰았다. 사람이 많은 대형마트에서 장보기, 비행기 타고 여행하기에 도전하고, 목적지 없이 지하철 타고 한참을 돌아다녀 보기도 했다. 방황 끝에는 '내가 진정 두려워했던 건 무엇인가?' 하는 의문점이 남더라.

두려움 때문에 일상에서 충분히 해왔던 일들을 하나씩 포기하거나, 새로운 것에 도전하는 일을 미루는 것은 그야말로 불안이라는 적에게 주도권을 내어주는 격이다.

불안이 가져오는 최악의 수는 불안 그 자체일 뿐, 더한 것을 상상할 가치는 없다.

4가지를 분리시켜 생각하기

감정 ↔ 행동

감정

"불안"
"공포"

행동

"장소 회피"
"사람에게 의존"
"혼자 있지 않으려"

신체

"가슴 두근거림"
"목막힘"
"비현실감"
"경직됨"
"속 메스꺼움"

인지

"더 나빠지는구나"
"하.. 또 이러네"
"정상적인 삶이 가능할까"
"직장은 다닐수있을까"
"다시 재발하겠지"
"이러다 숨막혀 죽겠어"

이 4가지를 떼어놓고 보면 그냥 그 자체로 큰 문제가 안됨.
그러나 합쳐서 볼 때 꼬리에 꼬리를 물고 악순환.

“어차피 결국에는 나아요!”

정신건강의학과 전문의가 아무리 내게 긍정적 시그널을 보내도 내 머릿속에 굳게 자리 잡은 부정적 사고방식은 그러한 조언을 온전히 받아들이지 못했다.

조금씩 나아지다가 또다시 출렁거림을 반복하는 내 컨디션 때문에 좌절감에 휩싸여있던 내게 의사 선생님께서 "어차피 결국에는 나아요!" 하고 답답하다는 듯 호소한 적이 있다. 그때 정말 정신이 번쩍 들었다.

그 모든 좋고 좋은 이야기 중에서 약간은 짜증 섞인 그 한마디가 가장 진심인 것 같아서 내게 가장 큰 용기를 주었다.

그래, 우리 결국에는 낫는다.

처음에는 갑작스레 찾아오는 증상에 당황하게 되는 게 당연하지만, 자꾸 반복해서 겪을수록 크게 별일이 생기지 않는다는 것을 깨닫게 되고 그래서 우리는 그 증상에 무뎌지게 될 수밖에 없다.

불안이 줄어들기 때문에 할 수 있는 일은 점점 다시 늘어나게 되고, 뭐든 할 수 있다는 마음이 자신감으로 작용하면서 삶의 에너지를 끌어올린다.

우리는 그저 우리 몸이 이 과정을 익히는 동안 스스로가 다치지 않도록 잘 돌보면 그것으로 되었다.

지금, 이 순간

언제나 미래지향적으로 사고하는 나에게 요즘 들어 생각의 변화들이 찾아오는 것 같다. 현재 내가 사는 지금, 이 순간에 내가 행복할 수 있다면 그것이야말로 미래의 내가 곱씹어 돌이켜보았을 때 진정 행복하다 말 할 수 있지 않을까.

앞으로 살아갈 날을 준비하는 것 또한 가치 있는 일이지만 이에 너무 치우치게 되면 안 된다. 현재를 충분히 누리면서 미래를 여유롭게 고민하자.

나는 항상 좌우명으로 "여기, 지금"을 말한다. 즉, 여기 지금 내가 있는 곳에서 할 수 있는 일에 최선을 다하자는 뜻이다. 하지만 아직도 지키지 못하고 있는 것 같다. 내가 누릴 수 있는 현재의 최선을, 최선의 행복을 누리자.

이렇게 노력하고 있어!

민지 쌤

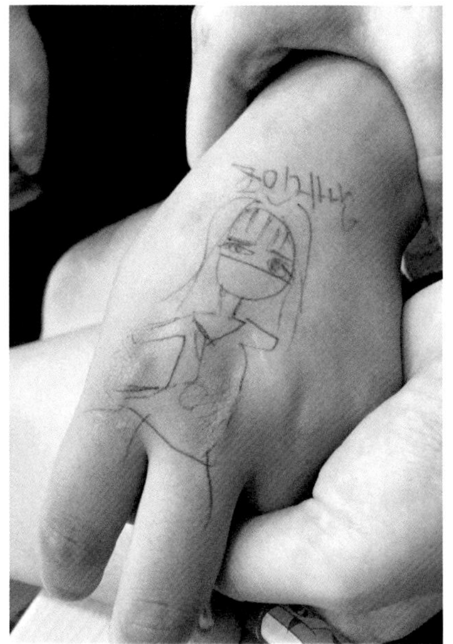

지금 나에게 필요한

아이러니한 이야기를 한가지 하자면 한동안 나는 불안이 왜, 그리고 어떻게 존재하는가에 대해 끊임없이 고민하는 시기를 보냈었다. 이런 사실이 내게 모순인 이유는 다음과 같다.

요즘 유행하는 MBTI 성격유형 검사를 바탕으로 이야기하자면 나는 어떠한 현상의 존재에 대해 전혀 고민하지 않던 사람이다. 물론 내가 지닌 현실과 상관없기 때문에 고민해보는 것 자체가 비효율적이라 여겼기 때문이기도 한데, 늘 원인이나 현상 자체보다는 해결책이나 결론에 초점을 두는 성격을 가졌기 때문이기도 하다. 따라서 어떤 문제 상황을 맞딱뜨리든지 '그래서 결론이 뭔데?', '어떻게 해결할까?' 이러한 것들에 온통 집중했었다.

이제 와 돌이켜보니 내가 살면서 이렇게 당황스러운 일은 또 처음이었나보다. 탄탄대로로 굴러가던 세상이 왜 갑자기 삐거덕거리는건지 당최 이해하기 어려웠다. 그래서 평소처럼 사고하고 행동하지 못했나 보다.

지금 나에게 필요한 일은 언제 어디서 어떻게 불안이 찾아오는지 알았다면 이제 그에 대한 해결책을 궁리하는 것인데 말이다. 한동안 몽롱한 기분 속에 갇혀 지내던 나를 툭 하고 깨우는 순간이었다.

해줄 수 없는 일

현재까지 1년 넘게 꾸준히 정신건강의학과에 내원하여 상담 및 약물 치료를 병행하고 있다.

정신과 의사들은 환자에게 대체로 어떤 상황에 어떠한 증상이 발현되는지 묻는다. 혹은 그동안 내가 살아온 삶을 돌이켜 언젠가부터 조금씩 민감하고도 부정적인 성향이 자라나고 있던 것은 아닌지 들여다보며 함께 고민한다. 의사들은 약을 처방해준다.

나에게 맞는 약을 꾸준히 잘 먹는 것은 치료의 핵심이기도 하다. 의사의 조언을 잘 따르며 약을 천천히 늘이고 줄여야 약효가 좋다.

의사들은 약 복용 이외에도 불안에 대처할 수 있는 다양한 이완기법을 알려주기도 한다. 정석적인 치료는 이러한 방식으로 이루어지는데, 그중에서도 의사가 해줄 수 없는 일이 한 가지 있다.

공황장애를 겪어보지 않은 의사는 환자의 증세와 그 고통에 완전히 공감해줄 수 없다.

공황이란

공황이란 극도의 불안이다. 사람마다 불안할 때 나타나는 증상이 모두 다르다고는 하지만 다수가 공통으로 겪는 몇 가지 대표적 증상들이 있다.

가슴 두근거림, 목과 가슴 조임, 소화 불량, 메스꺼움, 어지러움, 비현실감, 뛰쳐나가고 싶은 충동, 손과 발 저림, 오한 등.

이 외에도 크고 작은 다양한 증상들이 있으나, 내가 직접 겪은 주관적인 경험을 바탕으로 몇 가지 증상에 관련하여 글을 써보려 한다.

가슴 두근거림

가슴 두근거림은 단순히 떨린다거나 심장이 뛴다를 넘어서서 심장이 쿵 쿵 무너지는듯한 기분을 자아낸다. 그래서 불안하지 않다가도 가슴 두근거림 증상이 발현되면서부터 불안이 시작되는 경우도 많다.

나는 보통 '마음의 돌'이라는 표현을 자주 사용하는데, 마치 가슴에 커다란 돌을 하나 얹어놓은 것 같은 답답함과 쿵쿵 무너져 내리는 듯한 두근거림을 맞이한다.

밤이 되고 조용히 어둠 속에 누워있을 때는 이러한 증상이 더욱 심하게 느껴진다. 어두운 방 안을 쿵 쿵 하는 심장 소리가 가득 채우고 잠들기가 쉽지 않다. 그래서 나는 한창 밤이 오는 게 두려울 때가 있었다.

가슴 두근거림은 약물치료를 통해 가장 쉽게 잡히는 증상인데, 약물의 종류는 매우 다양하며 어떤 한가지 약물로 잠재울 수 없는 두근거림은 다른 약물로의 변경을 통해서라도 충분히 잡아낼 수 있다.

목과 가슴 조임

목과 가슴 조임은 내가 겪은 증상 중에 가장 괴롭고, 오래 시달렸던 증상이다. 인간이 삶을 유지하기 위해 가장 기본이 되는 호흡을 하는데 불편감을 주기 때문이다. 어느 순간 턱 하고 목이 조이는 느낌이 들면 그때부터 숨을 들이쉬고 내쉬는 데 온 신경이 집중된다. 자꾸만 더 강하게 숨이 막히는 것 같고 그에 따라 불안감이 심해지면 금새 꼬리에 꼬리를 물고 괴로움 속으로 빠져든다.

이때 과호흡을 하게 되는 실수를 범할 수 있는데 이에 주의해야 한다. 숨이 안 쉬어지는 것 같아서 숨을 과하게 몰아서 쉬게 되면 우리 몸에 산소 농도가 높아짐에 따라 몸이 스스로 호흡을 통한 산소 공급을 줄이게 되는데, 어지러움이나 기도가 좁아지는 느낌이 들면서 오히려 호흡곤란을 유발할 수 있다.

그렇다면 목과 가슴 조임 증상에 알맞게 대처하기 위해서는 어떻게 해야 할까? 호흡을 길고 느리게 쉬려는 노력이 필요하다. 예를 들어 느리게 걸으며 두 걸음 걸을 때 들이쉬고 다시 두 걸음 걸을 때 내쉬는 등 일정한 간격으로 호흡을 길게 늘어뜨리는 것은 과호흡을 예방할 수 있을 뿐 아니라 내가 숨을 잘 쉬고 있구나 하고 안도감을 주게 된다. 또한 길게 늘어뜨리는 호흡은 숨을 내뱉을 때 자연스럽게 몸의 근육을 이완시켜주기 때문에 몸의 긴장도를 낮추고 불안을 잠재우는 데 효과적이다.

소화불량이나 메스꺼움

소화 불량이나 메스꺼움 또한 괴로운 증상이다. 소화계에 기저질환이 있는 것도 아니고, 딱히 무엇을 급하게 많이 먹은 것도 아닌데 급체하는 듯한 느낌이 들면서 식은땀이 나고 속이 극도로 메스꺼움을 경험한다면 이어지는 내용에 집중해야 한다.

속이 메스꺼워서 죽는 사람은 없다. 극도로 메스꺼움과 함께 구토하거나, 구토할까 걱정하는 마음 자체가 문제다. 우리 몸에 물리적인 문제가 없다면 이와 같은 생각은 접어두는 것이 좋다. 구토는 우리 몸에 맞지 않는 음식을 잘 못 섭취했을 때 위가 우리 몸을 보호하기 위해 일으키는 작용이지 우리 몸을 괴롭게 하려는 병이나 질환이 아니다.

물론 정상적인 음식물 섭취 후 일어나는 구토증세는 반드시 치료해야 한다. 이는 약물치료를 통해 충분히 잡아낼 수 있다. 하지만 그 전에 마음가짐을 달리해야 한다는 뜻이다. 메스꺼움이 있고, 구토하게 되고, 그리고 다음은 어떻게 될까? 하고 걱정하는 마음 자체가 우리에게 가장 독이 되는 사고체계이다.

메스꺼움은 단지 메스꺼움일 뿐이다. 공황장애로 인한 우리 몸의 불안 증상을 죽음과 가까이에 연관짓지 말자.

어지러움

어지러움은 약물을 줄이는 시기에 발생하는 듯 해 보였다. 약물을 줄일 때 어지러움 현상이 발생하는 것은 내 분석에 따르면 다음과 같이 설명된다.

운동 생리학적 관점에서 바라보았을 때 불안감을 낮춰주는 약물을 줄이게 되면 자연스럽게 신체 불안 수준이 평균 상향화되고, 각성된 몸의 상태에 맞추어 근육으로 흐르는 혈액의 양이 많아짐에 따라 중추신경계인 뇌로 흐르는 혈액의 양은 적어지게 된다.

이때 어지러움이 발생하는 기전이 형성되지 않을까 하고 예상한다. 어지러움 때문에 휘청 쓰러질 것 같은 느낌을 받으면 순간적으로 겁을 먹게 되기 때문에 각성 수준이 급격히 올라가고 곧이어 불안감이 증폭된다. 불안감이 증폭된다는 것은 앞에서 말한 여러 가지 증상들을 불러오고, 그렇게 괴로움 속으로 빨려드는 악의 고리가 형성되는 것이다.

비현실감

비현실감을 겪어보지 않은 사람은 아무리 경험자의 이야기를 들어도 완전히 공감하기 어려운 증상 중 하나일 것이다. 비현실감이란 말 그대로 나 자신이 여기 이 상황에 속하지 않는 것처럼, 마치 짜여진 하나의 상황을 제 3관찰자 시점에서 바라보는 듯한 느낌을 자아내도록 한다.

세상은 나만 빼고 잘도 굴러가는구나 하는 생각이 들었다. 붕 떠있는 기분과 함께 동시에 사람들이 하는 이야기에 집중하기가 어려웠고, 멍한 기분이 나를 완전히 지배하는 듯했다.

충동

치료 초반에는 어딘가로부터 뛰쳐나가고 싶은 충동이 일기도 했는데 특히 집이나 교실, 사무실처럼 닫힌 공간에 갇혀있다는 생각이 들면 답답하고 이대로 있으면 안된다는 충동에 밖으로 뛰쳐나가고 싶어지게 된다.

어느 날 아침에는 눈을 떴는데 집에 나 혼자였다. 무슨 일이 생기더라도 아무도 나를 보살펴줄 수 없다는 생각이 들기도 했고, 무언가 나를 답답하게 만든다는 생각에 무작정 밖으로 뛰쳐나간 적이 있다. 그때 막상 밖에 나가니까 집에서 멀어지면 오히려 위험하지는 않을까 무섭기도 했고, 갈 곳이 없기도 해서 아파트 단지에 쪼그려 앉아있고 한참을 어슬렁 거리며 걸어다녀야 했다.

지금도 가끔 답답한 기분이 느껴지면 문이나 창문을 열고싶다거나 산책을 하고싶다는 느낌은 들지만 급하게 뛰쳐나가고 싶은 충동이 드는 것은 많이 사라진 것 같다.

손과 발 저림 현상, 그리고 오한

마지막으로 손과 발 저림 현상, 그리고 오한은 가끔 찾아오는 증상 중에 하나인데, 이는 크게 나를 괴롭히지는 않지만 나를 무기력하게 하기 때문에 나는 이 상태를 한마디로 '컨디션 난조'라고 표현한다.

이때는 이불을 덮고 몸을 따뜻하게 하면서 휴식하면 금방 좋아지기도 하고, 심한 경우 필요시 약을 복용하면 불안감이 금방 잡힌다.

피해야 하는 행동

마음이 힘든 사람이 본능적으로 갈구하지만 피해야 하는 행동 두 가지가 있다. 회피, 그리고 의존이다.

회피는 대표적으로 하던 일을 그만두는 방식으로 이루어지는데 한 공간에 머무르기에 답답함을 느껴서 자리를 박차고 일어나거나 음악을 크게 틀고 현실을 외면하는 방식이 대표적이다. 언제나 충분히 할 수 있었던 일이 불안감을 증폭시키는 원인이 된다는 것은 너무나도 괴로운 일이다. 그러나 우리는 우리의 일상을 지켜야 한다. 불안에 져버리고 일상을 포기하는 일은 절대 생기지 않아야 한다.

의존은 다양한 방식으로 이루어지는데, 약물에 의존하는 경우가 가장 대표적이다. 약물에 의존하는 경우 약물을 소지하고 있는 것 자체로 불안감이 낮아지기 때문에 약물을 가지고 있지 않을 때면 언제 필요하게 될지 모르는 해결 방안이 내 손안에 존재하지 않는다는 생각으로부터 불안은 순식간에 겉잡을 수 없이 커지게 된다. 또 다른 경우 가족이나 지인에게 의존하기도 하는데 옆에 믿을만한 사람이 존재한다면 본인을 지켜줄 것이라는 믿음에 마음이 편해지고, 반면 홀로 남게 되면 불안감이 증폭되기도 한다.

홀로서기

앞서 소개한 유형 외에도 회피와 의존은 매우 다양한 방식으로 이루어지는데 우리는 이를 떨쳐내고 스스로 해낼 줄 알아야 한다.

더 많은 것을 해낼 수 있는 여유와 능력을 지니고 있다고 자기 암시하는 일은 자기 자신에게 용기를 준다. 할 수 있다는 생각은 곧 도전하는 마음으로 이어지게 되고, 성공 경험이 쌓이다 보면 여유가 느껴질 것이다.

하고 싶은 일, 그리고 지금껏 무리 없이 수행해온 일에 도전하라. 섣불리 겁먹지 말고 부딪히려는 자세가 필요하다. 일상을 지키기 위해서.

약 잘 챙겨먹기

내 방식대로 정해본 불안 대처 방안이 특별하다고 생각하지는 않는다. 뻔하지만 그럼에도 내가 믿고 의지해온 몇가지 방법들에 대해 독자들에게 주관적으로 전달해보고 싶다.

첫째, 약 잘 챙겨먹기. 불안으로 인한 신체 증상이 있을 때만 간헐적으로 약을 복용하면 된다는 인식은 버려야한다. 약물의 힘을 빌려서 내 삶이 전반적으로 윤택해질 수 있다면, 적시에 적절하게 활용할 수 있다면 약을 꾸준히 챙겨먹는다는게 내 몸에 해로운 일이 아닌, 오히려 이로운 일이라는 것을 명심하기.

간접적으로나마 경험치가 많은 의사의 처방에 따르지 않고 스스로 판단하에 약물 복용을 스스로 중단하는 경우 정신과 질환이 재발할 수 있는 확률은 매우 높게 된다. 실제로 나와 내 친구의 경우 점점 나아지는 몸 상태에 약 복용량을 급격히 줄였다가 된통 당한 적이 있기에 지금은 약을 잘 챙겨 먹는 일에 지극정성이다. 장기간 약물을 복용하면 간이 나빠지지는 않을까, 혹시 약물에 의존하게 되지는 않을까 자의적으로 생각하고 결론 내리는 바람에 겪은 시행착오는 상당히 큰 후폭풍으로 돌아왔고, 치료는 원점으로 돌아가 처음부터 다시 시작해야만 했던 기억이 잊히지 않는다.

속된 말로 요즘은 모두가 약을 달고 산다는데 내가 필요한 약을 적절하게 먹는다는 사실이 전혀 특별하지 않은, 일반적인 상황이라는 것을 받아들이는 것이 중요하다.

숨차는 운동하기

둘째, 숨 차는 운동하기. 각성상태가 된다는 게 은근히 상대적이라 매우 각성 된 상황 이후에 느끼는 작은 각성은 무시되기 쉽다. 예를 들어 운동 이후에 나른해지는 기분을 느끼는 이유가 그에 해당한다.

따라서 하루에 한 번은 몸에 무리가 되지 않는 선에서 가볍게 숨 차는 운동을 하면 자연스럽게 일상생활을 할 때 체감하는 각성 수준이 낮아지게 될 것이다. 나는 마음을 돌보기에도 벅차다고 생각하기 때문에 운동을 등한시 한 적이 있었다. 그런데 그러면 그럴수록 몸이 약해짐을 스스로 느끼고 더욱 불안감에 살고있는 것 같았다.

에너지를 발산하고 힘이 빠져 나른해짐을 느껴보는 가장 보통의 경험들이 내가 평범하게 살아 숨 쉰다는 기분을 느끼게 해주더라. 그래서 요새 꾸준히 신체활동에 참여하려고 노력한다. 가벼운 산책이나 조깅, 다양한 팀 스포츠 활동에 참여하면서 엔돌핀은 솟아나고 몸속에 과잉 축적된 에너지를 마음껏 발산할 수 있으니 일석이조인 셈이다.

취미 생활하기

셋째, 취미 생활하기 또는 사람들 만나기. 우리 마음의 영양제라고 불리는 도파민은 정신과 치료에서의 자연 치료제로 작용하기도 한다.

정신과 질환을 앓고 있기에 활동을 제한하는 것이 아니라 오히려 하고 싶은 일에 더욱 투자하면서 자신이 즐겁고 여유를 느낄 수 있는 일을 찾아서 하는 것은 도파민 분비를 활성화 시켜 우리 정신건강에 긍정적인 영향을 준다.

물론 사람들 만나기는 내 성격유형에 어울리는 활동이라 다른 사람의 경우에는 다르게 여겨질 수 있는데, 무조건 사람을 많이 만나야 한다는 내용이 아니라 자기 자신을 알고 자신이 즐거울 수 있는 일을 수행해야 한다는 말이다. 어떤 사람은 깨끗한 이불속에 들어가서 잔잔한 음악을 듣는 게 가장 즐거운 일이라고 한다면, 이 사람에게는 그러한 활동 자체가 도파민 생성 기전이 될 것이므로 계속해서 반복적으로 수행하면 정신건강에 이로울 수 있다.

여러분이 먼저 자신이 어디에서 어떤 일을 할 때 가장 편안하고 행복감을 느끼는지 잘 알 수 있기를 바란다.

상담 활동하기

넷째, 상담 활동하기. 나와 같은 어려움을 겪는, 혹은 다른 어려움을 겪는 사람들과 속내를 터놓고 이야기하는 일을 망설이지 말아야 한다.

속마음을 터놓고 대화를 함으로써 얻게 되는 가장 먼저의 것은 세상 사람 모두가 한가지씩은 어려움을 안고 사는구나 하고 깨닫는 것이다.

가끔 내가 겪는 문제 상황이 다른 사람의 것보다 크게 여겨지면서 스스로가 세상 불쌍한 사람인 것처럼 여겨질 때가 있는데, 더 큰 불행 앞에서의 작은 불행은 눈앞에 보이지도 않게 마련이다. 내가 가진 문제 상황이 내게 존재하는 가장 큰 불행이기 때문에 당신의 머릿속을 가득 채우고 있고, 그럼에도 당신은 잘 헤쳐 나가고 있고, 그렇기에 충분히 견딜만하다는 것이다.

모든 사람이 그렇게 어려움을 안고 살아가는구나 하는 것을 몸소 깨닫고 나면 내가 지닌 어려움이 결코 나만의 것이 아니며, 크게 심각한 일도 아니라는 생각의 전환이 이루어진다. 따라서 우울한 정서는 줄어들고 용기를 얻을 수 있다.

나만이 실행할 수 있는 루틴

마지막으로 이완 기법 체득하기이다. 당장 불안으로 인한 공황 증세가 찾아왔을 때 사용할 수 있는 유용한 기법을 익히고 있어야한다. 이런 경우 크게 두 가지 장점을 나타낸다. 첫째, 이완 기법을 알고 있다는 마음 자체가 불안을 낮춘다는 점. 둘째, 실제로 이완 기법을 통해 스스로 조절할 수 있다는 점이다.

중요한 점은 개별화된 이완 기법을 습득해야 한다는 것인데, 다른 사람이 어떠한 방법을 통해 불안의 정도를 낮출 수 있다고 해서 그 방법이 나에게 똑같이 적용된다고 생각하면 착오이다. 남과 비슷할 수는 있지만 나에게 걸맞은, 오직 나만을 위한 방법을 찾아내야 스스로 만들어내야 진정 이완 기법을 체득했다고 할 수 있다.

스포츠 심리학에서는 운동선수들이 필드 위에서 불안감을 해소하기 위해 사용하는 매우 개별적이고도 정립된 행동의 절차를 '루틴'이라고 한다. 예를 들어 야구 경기에서 한 선수는 타석에 섰을 때 불안감을 해소하기 위해 배트로 바닥을 두번 두드리며 스스로 달랜다. 이러한 행동 기술 이후 자신의 수행이 꾸준히 상향세를 보일 것이라고 기대하기 때문에 이를 반복한다.

우리는 삶이라는 필드 위에서 종종 불안이라는 상대를 맞이하곤 한다. 불안이 나를 공황 상태로 몰고 가지 않도록 스스로 나만이 실행할 수 있는 루틴을 만들어 반복 연습하다 보면 루틴의 수행이 곧 마음의 안정으로 이어지게 될 것이다.

이완 기법

몇 가지 대표적인 이완 기법을 소개하자면 다음과 같다.

첫째, 복식호흡은 배로 호흡하는 방법이다. 배가 올라갔다 내려갔다 하는 것을 관찰하며 깊게 호흡하는 활동은 호흡을 가다듬고 몸의 긴장도를 낮추는데 효율적이다.

둘째, 심호흡은 말 그대로 깊게 호흡하는 방법이다. 자칫 긴장되는 마음에 호흡을 빠르게 하다 보면 과호흡이 발생하게 되고, 우리 몸의 산소 포화도가 높아짐에 따라 오히려 기도가 좁아진다거나 산소 흡수량이 적어지게 된다. 따라서 호흡을 빠르게, 많이 하는 것이 아니라 깊고 차분하게 하는 것이 중요하다는 것을 기억하자.

셋째, 신체 근육에 의도적으로 힘을 줬다가 몸의 가장 먼 부위부터 근육의 힘을 천천히 풀어내는 과정을 되풀이하며 몸의 긴장도를 낮추는 방법이다. 몸의 긴장이 낮아지면 마음의 긴장도 따라서 낮아지게 된다.

이러한 방법은 평범한 사람들도 자주 사용하는 이완 기법이다. 면접을 볼 때, 중요한 시험을 앞두고 긴장감이 심하게 느껴질 때 등 보통의 사람들이 사용하는 보통의 기술들이다. 이를 바탕으로 당신만의 몸 이완 루틴이 만들어진다면 치유에 크게 도움이 될 것으로 기대된다.

epilogue.

"위드(with) 공황장애"

정부는 코로나19라는 위기 상황 속에서 '위드(with) 코로나'라는 구호를 내걸며 코로나로 인해 멈추어버린 세상을 박차고 나와 일상을 되찾으려는 노력을 보였다.

공교롭게도 내 마음도 우리의 사회상과 그렇게 비슷한 시기, 비슷한 양상으로 변해가고 있었던 것 같다.

처음 공황장애를 진단받고 나서 오로지 치료하는 데 전념하며 증상이 호전되기를 바랐다. 그러나 반복되는 좌절감 속에 휩싸일 때 혼자 힘으로 충분히 견뎌낼 수 있다는 믿음이 무너지기 시작했다.

처음으로 부모님을 모시고 병원에 내원했을 때 아버지께서는 참아왔던 눈물을 터뜨리셨다. 우리 애가 많이 힘들어한다고, 치료가 되는 게 맞냐고 묻는 아버지의 울부짖음에 나도 함께 무너져 내렸다.

그날 우리는 충분히 많이 울었던 것 같다. 그리고 서로에게 약속했다. 공황으로 인한 증상에 놀라거나 걱정하는 대신 공황을 내 특성의 일부로 받아들이기로 말이다.

무작정 치료부터 해야지 하고 마음먹었던 오랜 시간 많이 지쳐있었고, 치료에 초점을 둔 나머지 미루어왔던 하고 싶은 일을 그날부로 하나씩 하나씩 해나가기로 마음먹었다.

언제 끝날지 모르는 일에 모두 걸기에는 지금 내가 있는 이 순간이 너무나 아름다워서 놓칠 수 없기에, 좋으면 좋은 대로, 때로는 힘든 채로 나를 내버려 두자.

위드 공황장애.

"나도 그래"

값 17,000원
03810
9 791137 279308
ISBN 979-11-372-7930-8

달 기지 건설과 활용

우주공학자 김석환 지음

BOOKK